AF468519

# AGREABLE RECIT DE CE QVI S'EST PASSÉ AVX DERNIERES BARRICADES DE PARIS.

*Descrites en vers Burlesques.*

Reueuës & corrigées en cette derniere Edition.

A PARIS,
Chez NICOLAS BESSIN, Imprimeur & Libraire, au Palais, en l'allée sainct Michel.

M. DC. XLIX.

# LES BARRICADES.

IE veux chanter les Barricades,
Et les populaires boutades,
Dont tout Paris fut alarmé
Alors que le Bourgeois armé
Donna de ſi belles vezardes
A nos braues ſoldats des Gardes,
Et fit voir que le batelier
Eſt dangereux ſur ſon paillier.
Raconte moy, muſe groteſque
D'où vint cette humeur ſoldateſque,
Apprens moy de ces mouuemens
Quels furent les commencemens,
Et quel ſuccez eut la furie
De la nouuelle Iaquerie.
Depuis tantoſt cinq ou ſix ans
L'auarice des Partiſans,
Traitans, Soutraitans, gens d'Affaire,
Race à noſtre bonheur contraire,
Pilloit auec impunité
Les biens du peuple en liberté,
Et ſous pretexte du Tariffe
Rien ne s'échappoit de leur griffe.
Ce mal nous alloit deuorant,
Et comme l'on voit vn torrent
Tombant du ſommet des montagnes
Se répandant ſur les campagnes,
Etendre par tout ſa fureur,
Porter la crainte & la terreur
Dans les villes & les villages,
Ainſi l'excez de leurs pillages
Comme celuy de leur pouuoir
Nous reduiſoit au deſeſpoir,

Quand le bon Demon de la France
Touché de voir nostre souffrance,
Fit que perdans le iugement
Ils se prirent au Parlement,
Se promettant que leur malice
Triompheroit de la Iustice,
Et que ce grand Corps atterré
Leur repos seroit asseuré.
La Polette fut la machine
Qui fut destinée à sa ruine,
Et le piege que l'on tendit
Aux Officiers par vn Edit,
Lequel mettoit en apparence
Leurs Offices en asseurance.
On demandoit par cet Arrest
Comme par maniere de prest
Quatre annees de tous leurs gages,
Mais lors que l'on vint aux suffrages,
Il parut & non sans raison
Dessous le miel quelque poison,
Dont la liqueur estoit mortelle
A la santé de l'escarcelle.
En mesme temps de tous costez
Des autres corps les Deputez
Attaquez de pareilles craintes,
Arriuent, parlent, font leurs plaintes
Contre la persecution,
Implorent la protection
De ceux qu'ils appellent leurs Peres,
Disent l'estat de leurs miseres,
Et que sans doute ils sont perdus
Si par eux ne sont defendus,
Demandant que chacun s'vnisse
Pour resister à l'iniustice,
Et remonstrer conioinctement
A la Reyne ce traitement.
Cet affaire mis en balance
Fut estimé de consequence,
Et comme il ne faut sottement
S'embarquer, ny legerement,

L'vnion tres-fort balottée
Ne fut pas d'abord arrestée,
Les registres sont apportez
Et soigneusement consultez,
On lit, on voit, on examine
La loy ciuile & la diuine:
Mais enfin pour conclusion
Les voix furent à l'vnion:
Les Partisans par cette voye
Voyans éuanouyr leur proye,
Et leur fonds estre diuerty,
Duquel ils auoient fait party,
Et s'il faut dire quelque auance
Baptisent cecy d'insolence,
Qui fait breche à l'authorité
De la Royale Majesté,
Ainsi qu'aux droits de la Couronne,
De tous costez cecy resonne,
Et le Conseil faict vn Edict
Qui l'vnion leur interdit;
Le Parlement demeura ferme,
Et la chose estant en ce terme,
On mit par auis du Conseil
Au mal vn second appareil.
Et pour dissiper cet orage
Quelques gens furent mis en cage,
Si l'on fit mal, si l'on fit bien.
Ie m'en rapporte & n'en sçay rien,
Et pour dire vray ne me pique
De me connoistre en Politique,
Car en ce mestier le hazard
A souuent la meilleure part:
Aux nouuelles de cette prise
La Bazoche fut fort surprise,
Ce mal au lieu de se calmer
Parut de nouueau s'allumer,
On s'assemble, on crie, on proteste
Qui iure, qui gronde, qui peste,
Quelqu'vn parle plus hautement
Et se plaint du gouuernement,

I'entends celuy de la finance,
Pour l'autre on garde le silence,
C'est bien assez de le penser,
De peur de se trop auancer,
Cependant la Reyne Regente
Comme elle est sage & tres-prudente,
Voulant à cecy promptement
Trouuer quelque temperament,
Remit, pensant calmer l'affaire,
La Polette à son ordinaire;
Fit reuenir les exilez
De la frontiere rappellez:
Mais defendit aux Compagnies
De se treuer encore vnies,
Puisque leur remettant le prest
Elles estoient hors d'interest.
Neantmoins Messieurs des Enquestes
Dont aucuns sont de fortes testes,
Et d'ordinaire à dire net
L'ont assez proche du bonnet,
Furent d'opinion contraire,
L'vn dit Messieurs, c'est vn mystere
Si nous cessons d'estre assemblez
Dans trois iours nous sommes sanglez,
Nos biens, de mesme que nos vies,
Releueront de ces harpies;
Enfin, ce n'est pas d'auiourd'huy
Qu'on dit ce qu'il te fait, fait luy.
Machiauel grand Politique
Qui des Cours auoit la pratique,
Dans son damnable art de regner
Ne l'a sceu que trop enseigner,
Toutes les faueurs apparentes
Sont des marques tres-euidentes
Du venin caché la dessous.
Helas, Messieurs, souuenez-vous
De Sinon, du cheual de Troye,
Comme Ilium fut mis en proye,
Et le vieil Priam peu rusé,
Sous vn faux cheual abusé,

Permettez que ie vous le die
Tout cecy, n'est que Comedie,
Les biens receus hors de saison,
Les recompenses sans raison.
Ainsi que les chants des Sirenes
Marquent les tempestes prochaines,
Le salut dans vn mauuais pas
Consiste à ne relacher pas,
Souuent c'est proche du riuage
Que les matelots font naufrage;
En deux mots voicy mon aduis
Si mes sentimens sont suiuis:
Messieurs, auant toute autre chose,
Afin d'affermir nostre cause
Qui n'est pas sans besoin d'appuy,
Nous conclurons tous auiourd'huy
Que l'on soulage la canaille,
Qu'on remette vn quart de la taille,
Que de nos païs desolez
Les Intendans soient rappellez;
Que les Eleus bien que vermine
Exercent au moins pour la mine,
Et soient mis en leurs fonctions,
C'est par telles inuentions
Que le peuple prompt & volage
Se meut, se conduit & s'engage,
Quand le peuple sera pour nous
Sans doute qu'on filera doux.
Mais si nous manquons cette voye,
Quelque temps calme que ie voye,
I'apprehende fort l'interdit,
Songez-y bien. Messieurs, i'ay dit.
Lors chacun parlant à l'oreille
Auec son voisin se conseille,
Faut-il le croire, ce dit-on,
L'vn dit qu'ouy, l'autre que non,
Tel est d'opinion diuerse,
L'vn la suit, l'autre la trauerse;
L'vn dit que c'est trop attenté;
L'autre la seule seureté.

Cette venerable consulte
Auoit fort de l'air d'vn tumulte,
Et comme nous voyons souuent
Lors que l'on chasse à mauuais vent
Que des voix de diuers meslange
Font aux vieux chiens prendre le change,
Ou confus dans vn si grand bruit
Ne suiure les voyes la nuit,
Encor'que parmy cette émeute
Les Presidens chefs de la meute
D'abord ne donnassent les mains,
Tous leurs obstacles furent vains,
Sans fruit les viellards resisterent,
Enfin les fondeurs l'emporterent,
Et suiuant leur intention
L'on se tint à la ionction.
D'Emery contre son attente
Trouua la fortune changeante,
Par des conseils accommodans
On reuoqua les Intendans.
La Reyne méme, à ce qu'il semble
Trouue fort bon que l'on s'assemble,
Gens de Palais & gens de Cour
Ont conference à Luxembour,
Le Duc d'Orleans fils de France
Au Parlement prit sa seance,
Et le feu loin de s'embraser
Paroissoit quasi s'appaiser,
Alors que la prison nouuelle
Du bon-homme Monsieur Bruxelle,
Riche d'honneur & pauure de biens,
Arma tous ses concitoyens.
Ce fut au temps que la victoire
Amoureuse de nostre gloire
Fit à Lens, ainsi qu'a Rocroy,
Triompher nostre ieune Roy
De ces redoutables cohortes
Qui sembloient menaçer nos portes.
L'illustre Prince de Condé
Par son courage secondé,

Auec ſes troupes comme vn foudre
Mit tous leurs Eſcadrons en poudre,
Et les ſuiuant iuſqu'à Doüay
Vengea la perte de Courtray,
Chacun beniſſoit ſa proüeſſe,
Tout eſtoit remply d'allegreſſe.
Mais comme en vn beau iour d'Eſté
Plein de lumiere & de clarté.
Le Ciel ſe couurant de nuage
Change le beau temps en orage,
Et des ruiſſeaux font vne mer,
Noſtre plaiſir deuient amer,
La ioye en nos cœurs preparée
Ne fut pas de longue durée:
De tout temps nos Roys tres-pieux
Par vn zele deuotieux
Quand le Ciel a beny nos armes
Et la valeur de nos gendarmes
Vont en cortege ſolennel
Rendre graces à l'Eternel,
Dedans le Temple où l'on reuere
Le nom de ſa tres-chaſte Mere.
Les Gardes dés le poinct du iour
Aſſemblez au ſon du tambour
Deſſus le Pont-neuf ſe logerent
Et par les ruës s'arrangerent,
Quand la Reine eſtant de retour
Vn bruit s'épand tout à l'entour
Que l'on auoit pris le bon-homme
Que le peuple ſon Pere nomme.
L'vn dit, on l'a mené par là,
L'autre cecy, l'autre cela,
Le murmure eſchauffe les biles
Des batteliers gens mal dociles,
Et chacun s'arme aux enuirons
Qui de crocs; & qui d'auirons,
De cailloux, de pics & de peles;
De bans, de treteaux, d'eſcabelles,
De barres de fer, de leuiers.
De grez que l'on prend aux lauiers.

Ce peuple farouche & fantasque.
Iure, maudit, peste, renaque,
Tout est plein de confusion,
D'horreur & de sedition;
Des plaintes on vient aux murmures,
Aux cris, aux fureurs, aux iniures,
Et les soldats du Regiment
Repoussez assez brusquement,
Voyans leur partie trop mal-faite
Firent vne prompte retraite,
Et dans ce bizare combat
Quelques-vns sont mis au grabat,
Le peuple fait les Barricades;
Les poursuiuant auec brauades
De tous costez on fait grand bruit,
On court, on s'auance, l'on fuit,
Maçons, Charpentiers, Estuuistes
Imprimeurs, Relieurs, Copistes,
Garçons de Postes & de Relais,
Colporteurs & Clercs du Palais,
Tailleurs, Pages d'Apotiquaires;
Maquignons, Ecorcheurs, Libraires,
Fourbisseurs, Charrons, Batteliers,
Chrocheteurs, Doreurs, Ecoliers,
Crieurs de noir & d'eau de vie,
Moutardiers & vendeurs d'oublie;
Crieurs de passement d'argent,
Assistans, Recors & Sergent,
Meneurs de bacquets & broüettes,
Marqueurs, enfans de la Raquette,
Porte chaires, passeurs de bac;
Vendeurs de pipes & de tabac,
Cureurs de puits & de gadouë,
Charetiers qui menent la bouë,
Mareschaux. Forgerons, Celliers,
Par tout s'épandent par milliers:
Aux Halles les Fripiers s'armerent,
Et les Bourgeois se cantonnerent,
Aupres aussi bien comme au loin,
Sur le Quay, sur le port au Foin,

Chacun son compagnon reclame,
Fourbit son mousquet & sa lame,
Et iure sans cesse morbieu,
Prend l'hallebarde ou quelque épieu.
Cette martiale iournée
Par la nuit ne fut terminée,
On oit de moment en moment,
Sans sçauoir pourquoy ny comment,
Aux portes & par la fenestre,
Peter fortement le salpestre,
Et ces gens, à n'en mentir point,
Estoient braues au dernier poinct.
Le lendemain la belle Aurore
Les trouua tous armez encore,
Et comme ils n'auoient pas dormy,
Remplis de vin plus qu'à demy,
De ce ius leur ame eschauffée
Se promettoit quelque trophée:
Le Chancelier à ce matin
Conduit par son mauuais destin
Portoit à la Cour Souueraine
Vn ordre enuoyé par la Reyne:
On luy crie demeure là,
Luy surpris de ce qui va là,
Terme ordinaire de milice,
Peu cogneu des gens de Iustice,
Les ayant appellez mutins
Gagna le Quay des Augustins:
Le peuple s'émeut dans la ruë,
Le suit, le clabaude, le huë:
Son carrosse fendit le vent,
La troupe le va poursuiuant,
Et d'vne ardeur fiere & mutine
Inuestit l'Hostel de Luyne,
Rompt la porte de la maison,
L'vn en sa main tient vn tison,
Vn chenet, vne lichefrite,
Le couuercle d'vne marmite,
Ils iurent tous qu'il en mourra
Et que rien ne le sauuera

Luy reduit à cet accessoire,
Et qui pour auoir leu l'Histoire
Sçait fort bien comme d'autrefois
Sous le regne des anciens Roys,
Vn Chancelier fut mis en broche
Par le noble écorcheur Caboche,
Assiste de quelques mutins,
Vulgairement des Maillotins,
Crût sa derniere heure venuë,
A deux genoux la teste nuë,
Dans ce peril rude & pressant
Il inuoquoit le Tout-puissant,
Et fit, comme on le peut croire,
A l'Euesque de Meaux son frere,
De ses pechez confession,
Auec protestation,
Que si du danger, il eschape,
Iamais plus on ne l'y attrape:
De ces angoisses oppressé,
Aussi pasle qu'vn trepassé,
Les Gardes viennent à la file,
D'abord la canaille fait gile,
Et suruint à cet accident.
Le Mareschal Surintendant,
Tousiours fier comme son espée
Au sang des ennemis trempée,
Dont il occit vn Crocheteur
Qui n'estoit là que spectateur,
Excitant sur luy mainte pierre,
Qui pensa le ietter à terre,
Et d'Ortis arriuant soudain
Prit le Chancelier par la main,
Que la Cronique medisante
Dit, qu'il auoit froide & tremblante,
Et ce grand Ministre d'Estat
Eschappé de cet attentat,
Crainte de pareille bourasque
Auec la vitesse d'vn basque,
Alla chercher sa seureté
Au Palais de sa Majesté.

La fuite de cette heure extreme
Pour tous les siens ne fut de mesme,
Aupres de luy l'Exempt Picot
A la mort paya son escot:
Sa triste & funeste auanture,
Sans qu'il soit besoin qu'on en iure,
Fait voir que pour ne pas mourir,
Il n'est rien tel que de courir,
Et qu'en de semblables affaires
Les iambes sont tres-necessaires.
Laissons ce Ministre dispos,
Au Palais Royal en repos;
Faisons vn tour parmy les ruës;
Par tout les chaisnes sont tenduës,
Des caues on sort des tonneaux,
On amene des tombereaux,
Des chariots & des charrettes,
On appreste les escoupettes,
Et nos Bourgeois tous resolus,
Vieux soldats tout frais esmoulus
Sont attachez aux Barricades
Comme forçats à leurs rocades.
Carmeline l'Operateur,
Vestu d'vn colet de senteur,
Chausses de Damas à ramage,
La grosse fraize à double estage,
Bas d'attache & le brodequin,
De vache noire ou de maroquin,
Le sabre pendant sur la hanche,
Et sur tout l'escharpe blanche,
Tenant en main bec de corbin,
Monté sur vn cheual Aubin,
Gardoit auec six cens & onze
La poste du cheual de Bronze,
Et fit assez diligemment
Vn bizarre retranchement.
De cette belle architecture
A peu pres voicy la peinture.
De l'vn iusqu'à l'autre pillier
On met des dents vn ratelier;

Sur les dents on mit les machoires,
Des brayers, des ſuppoſitoires.
Des Pollicans, des Biſtoris,
Des boetes de poudre d'Iris,
Des chalits, des portes, des cruches,
Des coquemars, des œufs d'Autruche,
Quelques ſaloirs remplis de lard,
Et ſur ce ſolide rempart
On fit vn parapel de grilles:
Par où guignoient deux crocodilles,
Il eſt vray qu'ils ne viuoient pas,
Mais chacun ne le ſçauoit pas,
La forme eſtoit pentagonale,
Triangulaire ou bien ouale,
Qui voudroit en leuer le plan,
Ne le ſçauroit en moins d'vn an.
Ie donne au grand Archimede,
Aux compagnons de Diomede,
A Vitruue, à Noſtradamus
A feu l'ingenieur Camus,
Gamorin, Targon & de Ville;
A Roberual qui monſtre en ville,
Villedor, Mercier, Meſtrezeau,
Sainct Felix, le Pautre, le Veau,
Iean Tiriot qui fit la digue
Dont le deſſein à fait la figue,
Aux Ingenieurs des Alemans,
Aux Italiens & Flamans,
A Stein comme au ſieur des Cartes,
A Blueu qui deſcrit tant de cartes,
A Mercator, à Oudinet,
Au Geographe Bertinet,
Auec compas Mathematiques,
Inſtrumens nouueaux & antiques,
D'en faire la deſcription
Dans la iuſte dimenſion,
Tant l'on auoit mis d'artifice
A baſtir ce noble edifice.
A la Halle & aux enuirons
On ſe retranche de marons,

De citroüilles, pommes pourries,
De choux, de concombres, d'orties,
De cresson, pourpier & naueaux,
Artichaux, raues & porreaux,
Prunes, citrons, poires, oranges,
Les cabats traisnent dans les fanges,
Et le cordon de ce trauail,
Fut fait de fine gousse d'ail,
Où l'on adiousta quelques bottes
De tres-puantes eschalottes,
Ce qui faisoit vn bel effet,
Dont le peuple fut satisfait,
Derriere maintes Harangeres
Plus affreuses que des Megeres,
Mettant la main sur les roignons
Crioient, par la teste aux oignons,
Ces traistres nous l'ont donné belle,
Viue le roy, viue Bruxelle,
Viue la Cour de Parlement,
Et sucre du gouuernement.
Elles adioustoient autre chose
Qui ne se peut dire qu'en prose.
Harangeres certainement
A le dire confidamment
Meriteroient d'estre fessées,
Et d'auoir les langues percées.
Mais passons aux autres cartiers
Où les garçons de tous mestiers
Quittans le soin de la boutique
Prenoient l'hallebarde ou la picque:
Le coutelas, ou l'espadon,
Le brin d'estoc ou le bourdon,
Chacun saisissant à la haste
Ce qui se trouue sous sa pate.
Seruantes au haut des greniers
Portoient cailloux à pleins paniers,
Les femmes estoient aux fenestres,
Tout s'en mesloit horsmis les Prestres.
Mais ceux qui n'estoient qu'*in sacris*
Animoient les gens par leurs cris,

De barricade en barricade
Constantin ioüoit sa boutade;
Et par vn Martial fredon
Sonnoit l'alarme en faux bourdon.
Au milieu de ce grand desordre
On voit arriuer en bon ordre
A pas comptez & grauement
L'Illustre Cour de Parlement,
Tout le peuple leur fait grand feste:
Eux inclinant par fois la teste,
Auec vn modeste sousris,
Flattoient ces nouueaux aguerris.
A leur abord la populace
De tous costez s'ouure, & leur fait place,
Disant, Allez nos Protecteurs,
Abolissez les Collecteurs,
Ou bien du moins faites en somme
Que vous nous rameniez nostre homme.
Cependant au Palais Royal
On discouroit qui bien, qui mal,
L'vn disoit c'est trop entreprendre,
L'autre, ils font bien de se defendre.
Enfin la Reyne les receut,
Et les Huissiers ayant fait chut,
Molé d'vn visage assez ferme
Luy parla à peu pres en ce terme;
Reyne, l'Image du grand Dieu,
Si nos souhaits auoient eu lieu,
Et que pour le bien de la France
On eust pris en nous confiance,
Ce tumulte hors de propos
Ne troubleroit vostre repos.
Quoy dans l'allegresse publique
Par vne fausse politique
Mettre hors temps & saison
Les bons Magistrats en prison,
Pour auoir auec asseurance
Dit leur aduis en conscience?
Ce qui maintient les Potentats,
Le plus ferme appuy des Estats,

Est de regner auec Iustice,
Mettre en vsage l'artifice,
La fourbe & le déguisement,
C'est en saper le fondement.
Madame, ces mauuais copistes
Des conseils Machiauelistes
Qui seduisent vostre douceur,
Eloignant de nous vostre cœur
Par des raisons imaginaires
Au bien de vostre Estat contraires;
Vous disent pour leur interest
La chose autrement qu'elle n'est:
Mais las! il n'est plus temps de feindre,
Tout s'émeut, le peuple est à craindre,
Dieu quel peuple! vn grand peuple armé,
De rage & de fureur animé,
Qui met son salut en ses armes,
Lors quelques veritables larmes,
Quoy que disent les enuieux,
Parurent couler de ses yeux;
Puis auec la mesme eloquence
Auec vne entiere asseurance
Il poursuiuit: Ne craignez pas,
Madame, de faire vn faux pas,
Cedant comme il est necessaire
A la fureur du populaire,
Quand le vent agite les flots
Les plus habiles matelots
Pour se garantir du naufrage,
Par vn conseil prudent & sage
Au lieu de resister au vent
Calent le voile bien souuent,
Et les yeux arrestez sur l'Ourse
Nauigent d'vne oblique course.
Ce que pratiquent les nochers
Parmy les bancs & les rochers
Apprend aux Rois à se conduire
Dans les troubles de leur Empire,
omme ce perfide element,
peuple s'émeut aysément,

Mais il s'appaise tout de mesme,
Vostre sagesse toute extréme,
Madame, éloignera de nous
Ce malheur dont ie crains les coups,
En accordant à nos prieres
La liberté de nos Confreres;
Le peuple à le mesme desir,
Il n'y a pas lieu de choisir,
Ie crains que perdant l'esperance
Il n'en vienne à la violence,
Ce sont des cheuaux échapez,
D'ardeur & de fougue emportez,
Dont la fureur choque & renuerse
Tout ce qui vient à la trauerse,
Faciles à s'effaroucher,
Difficiles à rapprocher.
Songez bien que cette iournée
Doit faire nostre destinée,
Que pour le salut de l'Estat
Il faut terminer ce debat,
Et qu'à des troupes bien armées
D'vn iuste pretexte animées,
Les canons tous prests à tonner,
Refuser tout, c'est tout donner.
La Reine pleine de sagesse
Dissimulant auec adresse,
Luy repartit & accorda,
Non pas tout ce qu'il demanda,
Mais seulement vne partie,
Dont la populace auertie,
Quand ils sortirent les poursuit,
Se plaint, murmure, & fait grand bruit,
Le Parlement tout effaré
De ce succez inesperé,
Voyant que ces ames vulgaires
Traittoient ainsi leurs Tutelaires,
Fait de necessité vertu,
Et de diuers soins combattu,
Deux à deux en belle ordonnance
Vers le Palais Royal s'auance:

Le peuple redouble ses cris,
Les plus hardis se trouuoient pris,
Pesle-mesle auec la canaille,
Le soldat se met en bataille,
On murmure, on parle, on discourt
Dans l'anti-chambre & dans la Cour:
Ainsi ces Messieurs arriuerent,
Et par le grand degré monterent,
Chacun se rengeant à l'entour,
S'enquiert d'où vient ce prõpt retour,
L'vn disoit faisant grize mine,
Le retour vaudra bien matine:
L'autre d'vn gracieux maintien,
Croyez-moy ce ne sera rien:
Et chacun selon son genie
Rioit ou bien n'en rioit mie.
Comme le mal estoit pressant,
Que le danger alloit croissant,
On resolut sans plus attendre
De relâcher & de les rendre,
Des carosses sont attellez
Et proches parens appellez,
On s'achemine en diligence
Au Mesnil de Madame Rance,
Où Bruxelle estoit arriué,
Ceux qui furent de ce costé
Passerent auec plus de peine
Que ceux qui furent à Vincenne.
Apres auoir fait maint detour,
Quand la nuit eut chassé le iour
Sentirent sur eux pesle-mesle
Tomber des cailloux vne gresle,
Qu'en la ruë des Chiffonniers
On iettoit du haut des greniers.
Toute la populace émeuë
Crioit demeure, tuë, tuë,
Et dans ce redoutable effort
Tout leur representoit la mort.
Demeurer, c'est chose mortelle,
De reculer point de nouuelle,

Mais le Couldray se resolut
Ainsi que le bon Dieu voulut,
De leur faire vne tentatiue.
On luy crie de loin, Qui viue?
Viue le Roy; ce n'est assez,
Viue le Parlement, passez.
Qui estes-vous gens des Enquestes?
Fauorables à vos requestes,
Amis qui pour vous secourir
Hazarderons iusques au mourir,
Tout de bon n'en faites nul doute,
Messieurs de nuict on ne voit goute,
Mais d'aller ainsi sans flambeau,
Morbieu cela n'est bon ny beau,
C'est affronter le corps de garde,
Pour vous nous n'y prenons pas garde,
A Nosseigneurs tout est permis,
Et vous estes de nos amis.
Eux échappez de la déroute
Suiuent pareillement leur route,
Et firent si bien leur deuoir
Que Blanc-mesnil vint dés le soir:
Cependant nos nouueaux gendarmes
Ne voulurent poser les armes,
Ny rentrer dedans leurs maisons,
Ils alleguent mille raisons,
Disant que l'on les veut surprendre,
Qu'il se prepare vn grand esclandre,
Que l'on pretend les renfermer
Dans Paris pour les affamer,
Vser enuers eux de finesse,
Boucher le chemin de Gonesse;
Qu'il n'y a rien pour le certain
De si long comme vn iour sans pain,
Et qu'ils y donneront bon ordre,
Tout Paris est plein de desordre,
De terreur, de crainte & d'effroy;
Sans neantmoins sçauoir pourquoy.
La nuict se passe de la sorte
Sans souffrir que personne sorte

De

De la ville dans le fauxbourg.
Quand le Soleil fut de retour
Quelques gens arriuent en foule,
Qui disoient que proche du Roulle,
A Boulogne & aux enuirons
Paroist quantité d'escadrons,
Qu'ils en ont veu bien prés de mille.
Le peuple à s'alarmer facile
Prend cela pour argent comptant,
Et s'en trouble tout à l'instant,
Gronde, tempeste, s'effarouche,
Dit ce qu'il luy vient à la bouche,
Et tout luy deuenant suspect,
Parloit sans crainte & sans respect,
Que ce malheur est sans remede,
Et que la Reyne de Suede,
Konigsmar & le Loup-garou
Ont pris leur quartier à sainct Clou.
Quelqu'vn dit qu'il a veu la Seyne
De monstres marins toute pleine,
Qui ont en main le coutelas
Conduits par le poisson Colas,
Et que les ayans veu parestre,
S'approchant pour les recognoistre
Soudain s'estans mis à plonger
De leur nombre il n'a peu iuger;
Que neantmoins la troupe est grande,
Et qu'ils sont bien plus d'vne bande,
Que l'on doit à son sentiment
Craindre vn funeste euenement,
Et qu'il y a parmy ces bestes
Quelques Chimeres à cent testes.
Le peuple qui croit de leger,
Et qui ne craint que le danger,
Dit que cela pourroit bien estre;
Que mesmement deuant Bissestre
Il paroist des Madaillions
Montez sur des Cameillions.
Que l'on y voit des Hypogrifes,
Des Caualiers ou Hieroglyfes,

Qu'entr'eux mesme sur vn dragon
On recognoist le Roy Hugon,
Qui pour leur ruine certaine
Est party de Tours en Touraine.
Que cecy n'est point vision,
Et qu'ils sont plus d'vn million,
Qu'ils iettent le feu par la gorge,
Qu'il faut mander M. sainct George,
Lequel depuis plus d'an & iour
Au sepulchre fait son seiour,
Faire en sorte que la Pucelle,
Ainsi qu'il combatit pour elle,
L'engage en ce malheur pressant
Au secours d'vn peuple innocent.
La ville à cette renommee
De nouueau se voit rallumee,
Et quelque vin dessus le jeu
Dont ils auoient pris plus qu'vn peu,
Faisoit que les gens venerables
Estoient de raison peu capables,
Quand à neuf heures du matin
On vit au Fauxbourg sainct Martin
Arriuer par bonne auenture
Monsienr Brnxelle & sa voiture.
Ce retour fit vn coup du Ciel,
Le peuple deposa son fiel,
De deux costez se range en haye,
Mais pourtant craignant vne baye
Veut voir le bon homme chenu
Qui de force gens n'est cognu.
Aussi-tost qu'il monstre la teste,
Chacun son harquebuze preste,
Son mousquet ou son poitrinal
Fait vne salue en general.
Par tout le cry se renouuelle
Viue le Roy, viue Bruxelle,
Quatre cens hommes à l'instant
Le conduisent tambour battant,
Et le promenent par les ruës:
Les chaines furent détenduës,

Tous les tonneaux sont renuersez,
Mais non les soupçons effacez ;
Il est conduit en la grand' Chambre,
Ses Compagnons furent le prendre ;
En suite vn Arrest est donné,
Par lequel il est ordonné
A chacun d'ouurir sa boutique,
Aux Clercs reprendre leur pratique,
Mousquets remis aux rateliers,
Les Maçons à leurs atteliers,
Les Charretiers à leurs charettes,
Les Vinaigriers à leurs broüettes,
Les Mareschaux à leurs marteaux,
Porteurs d'eau reprendre leurs seaux ;
Les Charpentiers la besaguë,
Et la magnifique Cohuë
Tout doucement se separa ;
Chacun chez soy se retira,
A la Cour ainsi qu'à la ville,
Tout parut remis & tranquille,
Chacun reprit sa belle humeur,
Ainsi finit cette rumeur.
Ie ne sçaurois vous faire entendre
S'il y a du feu sous la cendre ;
Mais sans pousser l'affaire à bout
Nostradamus & Dieu sur tout.

FIN.

## L'IMPRIMEVR AV LECTEVR.

CES Barricades ayant esté imprimées & contrefaites par plusieurs brouillons qui se disent Imprimeurs, quoy qu'ignorans en cet Art, qui au lieu de corriger les fautes qui s'estoient passées en la premiere Impression, y en ont fait quantité d'autres tres lourdes: Cela m'a obligé, Lecteur, de faire reuoir & exactement corriger cette Edition, tant pour conseruer l'honneur de l'Auteur, que pour vostre satisfaction. Adieu.

www.ingramcontent.com/pod-product-compliance
Ingram Content Group UK Ltd.
Pitfield, Milton Keynes, MK11 3LW, UK
UKHW020538230726
13925UKWH00006B/2345

9 782014 035834